TEXTE : GILBERT DELAHAYE
IMAGES : MARCEL MARLIER

martine
est malade

casterman

© Casterman 1976

Il a neigé. Le vent siffle. Les oiseaux tremblent de froid.

Martine aime jouer dans la neige avec Pata-pouf. Mais elle a eu tort de ne pas se couvrir comme maman le lui avait demandé.

Vraiment, Martine a été imprudente.

C'est ainsi qu'on prend froid sans y penser.

Maman dit toujours : « Chausse tes bottes. Mets ton manteau pour aller jouer dans la neige ! »

Et chaque fois, Martine oublie ces bons conseils.

Quand elle rentre à la maison, elle frissonne, elle est toute mouillée. Maman lui enlève ses chaussures et ses bas, met sécher ses vêtements, la frictionne pour la réchauffer.

— J'ai bien peur que demain tu ne sois malade !...

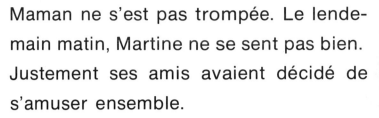

Maman ne s'est pas trompée. Le lende-
main matin, Martine ne se sent pas bien.
Justement ses amis avaient décidé de
s'amuser ensemble.

— Nous allons faire une partie de luge,
crie un garçon. Tu viens avec nous, Martine?

— Il y a longtemps que nous t'atten-
dons, ajoute une fille.

— J'ai mal à la gorge. Je ne peux pas
sortir, répond Martine à la fenêtre.

— C'est dommage!... Nous reviendrons
une autre fois.

Martine tousse. Elle a de la fièvre et ne peut pas quitter son lit. Elle aimerait se lever pour aller en classe, étudier, courir, s'amuser comme tout le monde. Mais ce n'est pas possible.

— Je vais téléphoner au docteur, dit Maman. Heureusement qu'elle est là pour soigner Martine !

7

Martine s'est endormie. Elle fait un rêve sans queue ni tête. Cela arrive quand on a de la température.
— Voulez-vous danser, petite?
Un petit homme lui sourit, tout habillé de blanc. C'est un bonhomme de neige! Il lève le bras et la musique se met à jouer.

— Arrêtez, arrêtez, je vous en prie, demande
Martine ; j'ai la tête qui tourne !

Par la porte entrebâillée, Patapouf et Moustache sont entrés dans la chambre :

— Martine rêve tout haut, dit Moustache. Elle
doit être malade pour de bon...

— Oui. Et elle a sûrement un cauchemar.

Patapouf aboie :

— Réveille-toi, Martine, réveille-toi !

Voici le docteur.

Martine le connaît bien : c'est un ami de la famille.

Il ausculte Martine, examine sa gorge, écoute battre son cœur et souffler ses poumons.

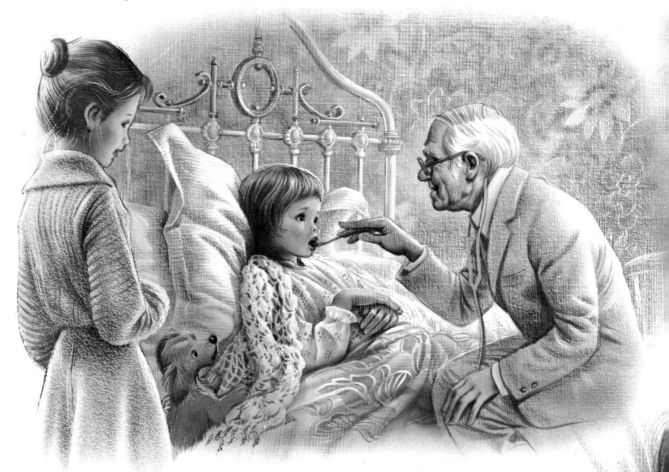

Enfin il dit en rédigeant son ordonnance :

— Je vais te prescrire des cachets et du sirop. Tu as attrapé une bonne bronchite. Il faut que tu prennes patience. N'est-ce pas, Martine ? Je reviendrai bientôt te dire bonjour. Et tu verras, tu seras vite guérie si tu fais bien ce que je te dis. Au revoir !

Jean est allé chercher les médicaments chez le pharmacien.

Maman aide Martine à les prendre.

— Ce sirop, je dois vraiment le boire? demande Martine qui fait la grimace.

— En voilà une question!... Sinon, comment veux-tu que la toux s'arrête?

— Et ces cachets, à quoi servent-ils?

— À faire tomber la fièvre.

— Quand serai-je guérie?

— Bientôt, Martine... Tais-toi donc un peu. Repose-toi maintenant...

11

Plus rien ne bouge dans la chambre de Martine.
A la porte, grand-père écoute pour s'assurer
qu'elle dort calmement.

Moustache et Patapouf
voudraient entrer.
— Je me ferai léger sur
les couvertures, dit le chat.
— Moi, je resterai sur le
tapis, promet Patapouf.

— Non, non et non, vous n'entrerez
pas! Il faut laisser dormir Martine.
Le repos, c'est le meilleur remède.

La fièvre aujourd'hui a presque disparu.

— Grand-Père, est-ce que je peux me lever?

— Pas encore, Martine. Tu dois rester quelques jours au lit.

— Où sont Patapouf et Moustache?... Quand vais-je retourner à l'école?

— Sois donc raisonnable... Tu veux que je te raconte une histoire?

Écoute : « Le secret de maître Cornille »...

13

Au bout d'une semaine, Martine va beaucoup mieux. Mais elle ne peut pas encore aller à l'école. Elle lit, dessine. Tout de même, les journées sont longues.

Et les amis se demandent :

— Comment va Martine ?

— Si nous lui rendions visite ?

— Oui, cela lui fera sûrement plaisir.

Donc, les amis de Martine sont venus lui apporter des friandises et des livres de la bibliothèque de l'école.

Ce matin, le facteur apporte une lettre pour Martine. Une lettre de la tante Lucie! Et dedans une jolie carte illustrée où il est écrit :

J'ai appris que tu es malade, chère petite Martine. J'espère que ce n'est pas trop grave. Je t'invite à venir passer quelques jours à la maison aussitôt que tu seras guérie. Donne-moi vite de tes nouvelles.
Je t'embrasse.
Tante Lucie.

C'est dimanche. Puisque Martine ne peut pas encore sortir,
elle regarde la télé avec papa et Patapouf.

Il y a un dessin animé pour les enfants : « Titus le chat ».
Après quoi passe le film « Sur la piste des coyotes ».

— Attention, voilà les Indiens ! s'écrie Patapouf. Ils vont sûrement courir après nous !

— Mais non, gros bêta, ce ne sont que des images !

— Ah ? Comment fait-on pour les enfermer dans cette boîte ?

Le temps paraît long quand on est malade...

Comme ce serait gai, courir sur la pelouse avec Moustache et Patapouf, ou bien flâner sous les arbres ! Dehors, les oiseaux jouent à cache-cache. Le rouge-gorge jette un coup d'œil par la fenêtre :

— Qu'est-ce que tu attends, Martine ? Viens !

— J'attends le soleil, les beaux jours... Crois-tu que le printemps arrive ?

— Aussi sûr que je suis là, l'hiver s'en va, les ennuis s'envolent. Il y a des tas de jonquilles et de tulipes dans le jardin. Tu verras, tu verras, dit le rouge-gorge.

Et, vous savez, le rouge-gorge ne ment jamais.

Tout à l'heure, le docteur a examiné Martine. Et il a dit :

— Tu vas beaucoup mieux, mais gare aux refroidissements !

Martine écrit sa réponse à tante Lucie :

Chère Tante, le docteur est revenu me voir. Pour la dernière fois, j'espère ! Il a dit que je suis guérie. Dès que le beau temps sera de retour, je pourrai sortir ! Je suis en convalescence. Viens vite me chercher ! Gros baisers. A bientôt.

Martine fait sa toilette. Choisit une robe. L'essaie devant le miroir. Elle prépare sa prochaine sortie... Où a-t-elle mis ses chaussures?... Et son parapluie? A quoi bon? S'il pleut, elle ne sortira sûrement pas.

— Demain, il fera beau, a dit le rouge-gorge.

Et si le rouge-gorge s'était trompé? Si le printemps était en retard?

Le rouge-gorge, se tromper ? Allons donc !

Aujourd'hui, le soleil est au rendez-vous, un soleil à mettre dehors toutes les violettes. Jamais on n'a vu une aussi belle journée de printemps !

Ah ! se sentir libre comme un oiseau ! C'est tellement agréable !

Et tout le monde est si heureux que Martine soit guérie !...

Tiens, qui donc donne ces coups de klaxon ?

C'est tante Lucie qui arrive avec sa
voiture :

— Ma petite Martine, vite je t'embrasse. J'ai bien reçu ta lettre. Tu
sais, je me suis fait du souci pour
toi. Je suis si contente de te revoir, si
contente ! Mais comme tu es pâle !...
Une semaine à la campagne, voilà ce
qu'il te faut pour te rétablir tout à fait.
Mets ton cache-nez, nous partons.
Tu verras qu'on ne s'ennuie
pas chez tante Lucie !

Imprimé en Belgique par Casterman, s.a., Tournai. Dépôt légal : 3ᵉ trimestre 1976 ; D. 1986/0053/121.
Déposé au Ministère de la Justice, Paris (loi nº 49.956 du 16 juillet 1949 sur les publications destinées à la jeunesse).